ぼくがぼくに変身《へんしん》する方法

やませたかゆき 作
はせがわはっち 絵

岩崎書店

一　ラッキーなお客《きゃく》さま

町内のフリーマーケットでみつけた変身《へんしん》ベルトは、秋のお日さまをあびて銀色《ぎんいろ》にかがやいていたんだ。

ぼくの目は、くぎづけになった。足は、そこから一歩も動《うご》こうとしなかった。

「変身《へんしん》ベルトじゃん。タクミの好《す》きなヤツ」

同じ四年一組で親友のヤッチンが、さっき買ったエアガンで変身ベルトをさした。

「おい、あぶないからよせよ」

「だいじょうぶだよ。タマ、入ってないし」

ぼくはヤッチンに、エアガンをしまわせた。

変身《へんしん》ベルトを売っていたお兄さんが、そんなぼくたちをニコニコして見ていた。

やさしそうなお兄さんだった。ビニールシートの上には変身ベルトのほかに本やCD、カウボーイがかぶるようなぼうしなんかが、ならんでいた。

「こういうの、好《す》きかい？」

お兄さんが変身ベルトを持《も》たせてくれた。

ずっしりと重《おも》い。銀色《ぎんいろ》のバックルのまん中には、イナズマ形《がた》のブレードが二まい重《かさ》なっている。主人公《しゅじんこう》が変身するとき、このブレードがそれぞれ反対向《はんたいむ》きに回って光るんだ。

ぼくが生まれる前から続《つづ》いている大人気の変身《へんしん》ヒーロー『サンダー仮《か》面《めん》』シリーズの変身アイテムだ。

このお兄さんが、子どものころに遊《あそ》んでいたのかな？　だったら、もう十年以上《いじょう》はたっているはずだ。なのに新品《しんぴん》みたいだった。きっと、大事《だいじ》にしていたんだろうな。

こんなにきれいなのに、値段《ねだん》はたったの千円。ボール紙にマジックで書かれた『1』とみっつの『0』が、なんだか、かなしかった。

でも、おかげで、ぼくにも買えるかも。

ぼくはおサイフをひっぱり出した。

「おっ、買ってくれるのかい？」

貯金箱《ちょきんばこ》のお金を、ぜんぶ持《も》ってきた。

800円
1000円

だけど、五百円玉はひとつだけ。百円玉がふたつと五十円玉がひとつ、十円玉がいっつ。八百円しかなかった。

数《かぞ》え直《なお》してみたけど、何度《なんど》数えても、八百円は八百円だった。

「あるだけでいいよ」

「いいんですか⁉」

ぼくはお兄さんに八百円をわたした。

「買ったんだ？」

横《よこ》を見ると、ヤッチンがいつの間にかアイスクリームを買ってきて食べていた。

九月も終《お》わりなのに、今日《きょう》はなんだか暑《あつ》い。アイスクリームは、きっとつめたくておいしいだろうな。

ぼくは、ヤッチンのアイスクリームをチラ見しながら、お兄さんから変《へん》身《しん》ベルトの入った手さげの紙ぶくろを受《う》けとった。

行こうとしたら、よびとめられた。

「ちょっと、待《ま》って。おつりだよ、三百円」

変じゃない？　八百円はらって、三百円おつりって、そんなのないよ？

しかも本当は千円だったのを、八百円にオマケしてくれたのに？

頭がハテナマークでいっぱいになりそうなぼくの肩《かた》を、お兄さんがポンとたたいた。

「せっかく来たんだもの、アイスくらい食べて帰りたいだろう？　はい、おつり」

お兄さんは、ぼくの手のひらに百円玉を三まいのせてくれた。

「ありがとうございました!」

ぼくは、三角定規《さんかくじょうぎ》の角みたいにおじぎした。

「お客《きゃく》さんのほうが、おじぎしてらあ」

ヤッチンが、ぼくとお兄さんをアイスクリームでさしてわらっていた。

アイスクリームを買っていたら、同じクラスのユーカがやってきた。

「ねえ、うちのママもお店を出してるの。なんか、買っていかない?」

「どんなもの、売ってるの?」

ヤッチンがたずねた。どうせ買う気もないのに、調子《ちょうし》を合わせるのはうまいんだから。

「ママの手作りアクセとか、わたしが小さいころに遊《あそ》んでいたお人形とか」

「ふーん。タクミは買うもの、ありそう?」

ヤッチンがさりげなく、ぼくにふった。

こまるんだけど。お人形にも、アクセサリーにも興味《きょうみ》はない。でも、はっきりそう言うのは、ユーカにわるい気がした。

「うーん、これ買っちゃったから……」

変身《へんしん》ベルトが入った紙ぶくろを見せた。

「おれも、エアガンを買った」

「ふ~ん……、あれ? タクミくん、それ」

ユーカが紙ぶくろをのぞいて、いたずらっぽくわらった。

「あれね！　へんしーん、でしょ？」

「しーっ。やめてよ！」

「あ、そっか。ごめん」

ユーカがヤッチンを見て、口をおさえた。

「なになに？　教《おし》えろよ～、あ！」

ふざけていたヤッチンは、アイスクリームを落《お》としてしまった。その顔《かお》ときたら、この世《よ》の終《お》わりみたい。ぼくはアイスクリームをひとくちだけ、かじらせてあげたんだ。

二　ボスノの待《ま》ちぶせ

ユーカママのお店をチラッとだけ見て会場を出た。ヤッチンとわかれたら、ユーカが追《お》いかけてきた。

「あれ？　お店、もう終《お》わり？」

「うん。フリマ、もうすぐ終わりなんだ」

すこし歩くと、クラスのボスノがいた。子分のハルキとケースケもいっしょだ。

ボスノの本名は、星野剛太《ほしのごうた》。でも、学年でいちばん体が大きくて力も強い、クラスのボスだ。だからホシノっていうよりも、ボスノがぴったり。

そのボスノにこんなところで会うなんて、いやな予感《よかん》しかない。

「おい、タクミ！　ゲームソフトとか、マンガとか買ったか？　買ったなら、かせよ！」

やっぱり。

ボスノたちは、ここでフリマ帰りの子たちを、待《ま》ちぶせしていたらしい。

「そういうのは、買わなかった」

よく見ると、ハルキとケースケは手にマンガを持《も》っていた。どうやら、フリマ帰りの子から無理《むり》やりに『かりた』っぽい。

ぼくは、紙ぶくろを後ろにかくした。

「おい、かくすことないだろ、見せろよ」

ケースケとハルキが、ぼくの後ろに回りこんで紙ぶくろをのぞいた。そしてハルキが、ぼくの変身《へんしん》ベルトを勝手《かって》につかみだした。

「四年生にもなって変身ベルトかよ～」

「ガキかよ！　ウケる～」

ケースケとハルキが、ヘラヘラとわらいながら変身ベルトをボスノに見せた。

「ブッヒャッハハハハ！」

ボスノが、やぶれたボールをふみつぶしたみたいな声《こえ》でわらいだした。

ぼくは、顔が熱《あつ》くなった。

(自分たちだって、去年《きょねん》までサンダー仮面《かめん》ごっこをやってたじゃないか！)

そう言ってやりたかったけど、ここはガマンだ。ケンカじゃかなわない。

さっさと変身ベルトをとりかえして、帰らなきゃ。

「もういいでしょ、かえして」

「おっと、へい、ケースケ、パス！」

ぼくが手をのばすと、ハルキは変身《へんしん》ベルトをケースケにほうり投《な》げた。

「おい、やめろよ、かえせよ！」

「かえすよ、ほら、とればいいだろう？」

ぼくが近づくと、ケースケはベルトを持《も》った手を高く上げた。ケースケはボスノの次《つぎ》に大きい。ぼくは、その手にまるでとどかない。

「かえせってば！」

「へーい、ボスノ、パス！」

「あんたたち、よしなさいよ！」

ユーカがおこったとき、ボスノへと変身ベルトは飛《と》んでいった。

「おっとっと」

ボスノは、変身《へんしん》ベルトをキャッチした。それなのに、わざとお手玉するみたいにして、変身ベルトを落《お》とすマネをした。そして本当に、変身ベルトを落としたんだ。

サンダー仮面《かめん》の変身ベルトを落とした！

お兄さんが、たいせつにしていたのに！

「よくも落としたな！」

ぼくはカッとして、頭からボスノにぶつかっていった。

「おい、なにすんだよ！」

そう言ってボスノは片手《かたて》で、ぼくをつき飛《と》ばした。

しりもちをついたら、頭のてっぺんまでズーンといたみが走った。

「ちょっと、暴力《ぼうりょく》はよしなさい！」

ユーカが、ボスノにつっかかった。

「タクミが先に、やったんだぜ！」

「あんたたちが、意地悪《いじわる》したからでしょ！」

ユーカは、まけずに言いかえす。

「意地悪なんて、してませーん。買ったものを見せてもらっただけでーす」

「わざと落《お》としたじゃないの！」

「わざと落としたって、ショーコがある？」

ボスノは、自分がわるいなんて思いもしない。

ぼくがマンガを持《も》っていないなら、もう用はないらしい。ボスノたちは行ってしまった。

そうだ、変身《へんしん》ベルトだ。

変身ベルトをひろい上げて、あちこちたしかめた。よかった、どこもこわれていない。

ホッとしたら、くやしさがこみ上げてきた。そして目のおくが熱《あつ》くなって、うるうるしてきた。まずい、泣《な》きそうだ。Tシャツのそでで目をおさえたら、よけいになみだがあふれる。

「だいじょうぶ?」

ユーカが手をとって、立ち上がらせてくれた。でもやさしくされると、はずかしくて、たまらなくなった。

ぼくはユーカの手をふりはらって、かけだした。

三　変身《へんしん》ポーズ

変身ベルトを持《も》ったまま、走って走って、もう走れないってくらいに走った。止《と》まったら、そこは児童公園《じどうこうえん》だった。みんなフリマに行ったのか、だれもいなかった。ぼくは、山の形をした遊具《ゆうぐ》にこしかけて、Tシャツのそでで目のまわりをぬぐった。

ひざにおいた変身ベルトをなでているうちに、さっきのくやしさを思い出した。

四年生になってから、変身ヒーローの番組《ばんぐみ》を見なくなった子がふえた。変身ごっこも、しなくなった。子どもっぽいって。

サッカーとか野球《やきゅう》のほうがいいんだって。

テレビよりゲームのほうが好《す》きな子も多いし、ヤッチンみたいにエアガンのほうが好きっていう子もいる。

だからって、ぼくがサンダー仮面《かめん》を好きだったら、いけないの？

いいや、ぼくは、ぼくだ。好きって気持《きも》ちは、はずかしくなんかない！

こわくてボスノたちには言いかえせなかったけど、この気持ちは本物《ほんもの》だ。

変身ベルトを落《お》としたことだって、ぜったいにゆるせない。

だったらさっき、もう一回、かかっていけばよかったんだ。

ユーカだって、あんなに言ってくれたのに。

もし、ぼくがサンダー仮面《かめん》だったら、ボスノたちなんて、やっつけてやるのに。そうだ、サンダー仮面に変身《へんしん》して、やっつけてやりたい！

ぼくは立ち上がって、変身《へんしん》ベルトをこしにまいた。そして山の遊具《ゆうぐ》のてっぺんにかけ上がると、なみだをぬぐって、背中《せなか》をシャンとのばした。

両《りょう》うでを高くつき上げて、体の横《よこ》で肩《かた》の高さまでゆっくり下ろす。

胸《むね》の前でうでをクロスさせて、手をグッとにぎる。そして両うでを高くつき上げて、ジャンプするんだ！

「変身！　サンダー仮面《かめん》！　やぁーっ！」

ぼくは、思いきり、本気で飛《と》び上《あ》がった。

おなかのところで、変身ベルトの二まいのブレードがブンブン回るのがわかる。パーッと、光が飛び出している。

体のなかから力がもりもりわいてくる。いつもより高くジャンプできた気がした。

でも、『気がした』んじゃなかった。

「え？　うそでしょ？」

山の遊具《ゆうぐ》が、とび箱《ばこ》くらいに小さく見えた。まるで、学校の屋上《おくじょう》からながめているみたいに。

どうしてこんなに高くジャンプしちゃったんだろう？　これって、本当なの？　わけがわからないうちに、ぼくの体は落《お》ちはじめた。どんどん地《じ》面《めん》が近づいてくる。

そしたら体が自然《しぜん》に動《うご》いて、マット運動《うんどう》みたいに空中でくるくる前転《ぜんてん》をしたんだ。

そして、ストンと着地《ちゃくち》した。

ぼくって、こんなことできたんだ！

「あー、びっくりした」

ぼくは、ひざに手をついた。その手には、銀色《ぎんいろ》に光る手ぶくろをしていた。ひざの下で銀色に光るブーツとおそろいだ。

「え？　なにこれ？　なにこれ？」

両手《りょうて》を顔の前に持《も》ってきて、よーく見てみる。やっぱり銀色の手ぶくろだ。

着《き》ているのは、黒っぽくてツヤツヤで、体にぴったりとした服《ふく》だった。

胸《むね》にはがんじょうそうなプロテクター、こしには変身《へんしん》ベルトがかがやいていた。

「みんな、みて！　サンダーかめんだ！」

公園《こうえん》の入り口に、幼稚園生《ようちえんせい》くらいの三人組のちびっ子がいた。そのうちのひとりが、さけんでいたんだ。

「え？　どこ？　どこにサンダー仮面《かめん》？」

キョロキョロしていると、ちびっ子たちが、「わーっ」と声《こえ》をあげなが
らかけよってきて、ぼくをとりかこんだ。

「すごい、サンダーかめんだ！」

「かいじんを、やっつけにいくの？」

「ぼくね、ぼくね、サンダーかめんのほん、もってるよ」

ちびっ子三人組は、さわぎながら、ぼくの体にさわったり、手をひっぱっ
たりした。

（この子たちは、どうしてぼくのことを、サンダー仮面って言っているん
だろう……？　あ、そうか！）

ぼくは、気がついた。ぼくは銀色《ぎんいろ》の手ぶくろやブーツ、プロテクターに変身《へんしん》ベルトを着《つ》けている。これで仮面《かめん》をかぶっていたら、完《かん》ぺきにサンダー仮面だもの！

公園《こうえん》のすみっこに、トイレがある。たしか手を洗《あら》うところに、鏡《かがみ》もあったはずだ。

ぼくは、ちびっ子たちをふりほどくようにして、トイレにかけこんだ。

「サンダーかめんもトイレにいくの？」

ちびっ子たちにかまっていられない。ぼくは鏡をのぞきこんだ。

鏡にうつったのは、ぼくの顔じゃなくて、サンダー仮面のマスクだった。

ぼくは、サンダー仮面に変身したんだ。

でも、なんで？

どうして、変身《へんしん》しちゃったの？

変身ベルトのせいなの？　本物《ほんもの》だったの？

本物のはずはない。さっき、フリマでお兄さんから買ったんだから。しかも五百円で。

でもさっきは、二十メートルくらいの高さまでジャンプした。サンダー仮面《かめん》のジャンプ力って、たしかそれくらいだ。見た目だけじゃなくて、力もサンダー仮面なの？

ちびっ子たちが、追《お》いついてきた。

「ねーねー、トイレ、おわった？」

「サンダーキーックやって！　サンダージャンプもみたーい」

うるさくて、考《かん》えられやしない……。

待《ま》てよ？　ジャンプか。もう一度《ど》ジャンプしてみれば、わかるかもしれない。

「よし、サンダージャンプを見せてあげよう」

「わーい」

ちびっ子たちが、もり上がる。

「やぁーっ！」

軽《かる》くひざを曲《ま》げてから、思いきり体をのばして地面《じめん》をけると、ぼくの体は高くまい上がった。砂場《すなば》やブランコも飛《と》びこえた。

そして公園《こうえん》の横《よこ》にあるアパートの屋根《やね》に下りたら、ひなたぼっこをしていたカラスが『ガァー』とひと声《こえ》ないて、にげていった。ごめん、おどろかせちゃった？

「わー、すごーい！」

ちびっ子たちが手をふっていた。ぼくも手をふりかえして、もう一度《ど》ジャンプだ。

今度《こんど》は家を三軒《げん》くらい飛《と》びこえて、自動《じどう》はんばい機《き》の前に下りた。ジュースの空《あ》き缶《かん》が落《お》ちている。スチール缶だ。アルミ缶なら、かんたんにつぶせるけど、スチール缶はとっても固《かた》いはずだ。

なのに、ぼくがグッとにぎりしめると、紙コップみたいに、クシャッとつぶれた。

「本物《ほんもの》だ、本当にサンダー仮面《かめん》なんだ」

ぼくは変身《へんしん》しちゃったんだ！

四　ひみつの質問《しつもん》

ぼくは、サンダー仮面《かめん》に変身《へんしん》したんだ。

わくわくしてきた。ぼくは両手《りょうて》をつき上げて、サンダー仮面のファイティングポーズをとった。

変身ポーズとにているけど、ファイティングポーズでは右手だけを水平になるまで、ゆっくりと前に下ろす。左手は上のまま。

右手がまっすぐ前をむいたとき、大きく円をえがくように左手を下ろして前につき出す。

両手をまっすぐに相手《あいて》にむけて、

「サンダ～ッ！　ファイトッ！」とさけぶ。

それがカッコいいんだ。

そのとき、クスクスわらう声《こえ》が聞こえた。

「ねえ、見て。あの子、コスプレしてる？」

「よくできているよねえ。かわいいね」

そばを通りすぎた中学生のお姉さんがふたり、ぼくを見てわらっていた。

サンダー仮面《かめん》が、カワイイって……？

そういえば、ぼくはお姉さんたちを見上げていた。さっきかこまれたのは、ちびっ子たちだったから気がつかなかったんだけど、変身《へんしん》しても背《せ》はのびてないらしい。

子どものサンダー仮面かあ……。

あんまりカッコよくないかも……。

いやいやサンダー仮面《かめん》だ、強いんだ、ボスノなんて、やっつけてやる！

でも、サンダー仮面のままじゃ、目立ちすぎる。どうせならボスノたちの目の前で変身《へんしん》して、びっくりさせたいもんね。

一度《ど》、元にもどろうっと。

ぼくは、ぼくにもどろうとした。もどろうとしたんだけど……。もどれなかった！

もどり方がわからなかったんだ！

変身ポーズは知ってる。でも、元にもどるポーズなんて見たことない。

サンダー仮面の本にも、のってなかった。

首から上をスッポリおおっているマスクをはずそうとしたけど、はずれない。手ぶくろをぬごうとしてもぬげない、ブーツもぬげない。完全《かんぜん》に、体にくっついちゃってる。そうか、本当に変身《へんしん》しちゃったから、テレビみたいにコスチュームを着《き》たりぬいだりするんじゃないんだ。

と、いうことは……。

変身をとく方法《ほうほう》がわからないと、ずっとサンダー仮面《かめん》でいなきゃいけないってこと？

これじゃあ家に帰っても、ぼくだって、わかってもらえないかも。わかってもらえたとしても、すごくおこられるに決《き》まってる！　勝手《かって》に変身なんてしたら、おこられるに決まってる！

どうしよう？

このままじゃ、ごはんも食べられない。そういえば、のどがかわいてきたかも……。さっきのちびっ子たちじゃないけど、トイレはどうするの？　サンダー仮面《かめん》に変身《へんしん》できてうれしかったのに、今はもう心配《しんぱい》なことばかりだ。

だれか助《たす》けてくれそうなのは……、親友のヤッチンしか思いつかなかった。

ヤッチンの家は、フリマ会場の近くにあるんだ。ジャンプして家や道を飛《と》びこえたり、走ったりして、なんとかだれにも見られないで、たどりつくことができた。

どうやって、ヤッチンに会おうか……？

ピンポンをおして、ヤッチンのママが出てきたらどうしよう？

ぼくだって、わからないよね。知らない子だからって、追《お》いかえされたりして。

そっと庭《にわ》に回ったら、うまいぐあいに、二階《かい》のヤッチンの部屋《へや》は、窓《まど》が開いていた。

ジャンプすると、かんたんに窓から部屋に入ることができた。ヤッチンは窓に背中《せなか》をむけて、エアガンをいじっていた。

「ヤッチン、ヤッチン！」

「え？　だ、だれだよ、おまえ？　サンダー仮面《かめん》のコスプレなんかしちゃって！」

ヤッチンは、エアガンをぼくにむけた。

「エアガンを人にむけちゃ、いけないよ！」

「ひ、人の部屋《へや》に勝手《かって》に入ってきて、なにを言ってんだ！　で、出ていけ！」

パシュン、パシュン、パシュン！

ヤッチンがエアガンをうった。

ぼくは飛《と》んでくるＢＢ弾《だん》を、ヒョイヒョイヒョイと指《ゆび》でつまみとった。キャッチボールよりもかんたんだった。

「ヤッチン、ぼくだよ。ぼく、タクミだよ」

「う、うそをつけ！　タクミがＢＢ弾をつまみとるなんて、できっこないじゃん！」

「フリマで買った変身《へんしん》ベルトで、変身しちゃったんだよ！」

「そんなこと、あるわけないじゃん！」

「本当なんだって」

「じゃあ、タクミだっていうショーコは？」

「ショーコって言われても……。ぼくは木田巧海《きだたくみ》、きみは松本康史《まつもとやすし》、クラスは四年一組、先生はワタナベコウゾウ、あだ名はゾームシ」

「そんなの、ショーコになりませーん」

「そのエアガンはさっきフリマで買ったやつです。ぼくは、ヤッチンにアイスクリームをひとくち食べさせてあげました！」

「うーん……、タクミ……かな？」

「だから、そうだってば！」

「じゃあ、おれたちの合言葉《あいことば》は？　ヘロヘレポー！」

「マガリンチョ！　ふたりとも、マーガリンにチョコクリームをまぜて食べるのが好《す》きだから！」

「ヘロヘレポー、は？」

「ヤッチンがテキトーに決《き》めたでしょっ！」

「当たった。では、次《つぎ》の問題《もんだい》です」

「まだあるの？」

「これが当たったら、信用《しんよう》してやるって。おれとタクミが、ふられた女子の名前は？」

「それ……、言わなきゃダメなの？」

「知らないなら、おまえはタクミじゃない！」

「……同じクラスの、城崎《しろさき》ルリアちゃんだよ」

「……本当にタクミなんだ。どうしたの、そのかっこうは？」

ようやく、ぼくだとわかってくれたヤッチンに、これまでのことを説明《せつめい》した。

ヤッチンとわかれたあと、ボスノたちにいじめられたこと。くやしくて児童公園《じどうこうえん》で変身《へんしん》ベルトを着《つ》けて変身ポーズをしたら、本当に変身してしまったこと。本物《ほんもの》のサンダー仮面《かめん》みたいにジャンプできて、力も強くなったこと。でも、元にもどる方法《ほうほう》がわからなくてこまっていること。

「ふーん、マスクも手ぶくろも、ブーツも、ぬげないんだ」

ヤッチンは『ブーツ』というところに力を入れて言うと、かべにかかっていたカレンダーを一まいやぶいて持《も》ってきた。九月なのに、やぶいたカレンダーは三月だった。ぼくはえんりょなく、ブーツをはいた足をのせた。

「変身《へんしん》ベルトを、はずしたら？」

「ベルトも、ぴったりくっついてる感《かん》じなんだ。後ろはどうなってるかな？さっきは止《と》め金《がね》があって、それでしめていたんだけど……」

「どれどれ、見せて。ああ、ぜんぜんダメだよ。すきまもない、ピッタリくっついてる」

ヤッチンが後ろを見て、教《おし》えてくれた。

「じゃあ、どうやって、元にもどるのさ！」

「変身ベルトを売っていたお兄さんに聞いてみるのは？　おれ、フリマ会場見てくるから、待《ま》ってて」

ヤッチンが部屋《へや》を飛《と》び出《だ》していった。

ぼくはカレンダーにブーツをはいた足をのせた体育《たいいく》ずわりで待《ま》っていた。(サンダー仮面《かめん》の体育ずわりって、レアかも)って考《かんが》えていたら、ヤッチンがもどってきた。

「フリマ、終《お》わって、だれもいなかった」

「ええっ！　それじゃあ、お兄さんに聞くこともできないよ！　どうしよう?」

「まあまあ、あわてるな。考えたんだけど、ユーカに相談《そうだん》してみようぜ」

「……なんで、ユーカなの?」

「だってユーカのママも、フリマに店を出してたじゃん。お兄さんのこと、

知ってるかもよ」

うまくいくかわからないけど、今、できることといったらそれくらいしかない。ふたりで、ユーカの家に行くことにした。

「おれは自転車《じてんしゃ》で行くけど、タクミはどうする？」

「走ったりジャンプしたりで。ここまでも、そうやって来たし」

「それ、いいな！　おれもいっしょにジャンプできるかな？　できるんじゃない？　やってみようぜ」

ヤッチンがあんまりしつこいから、ぼくはヤッチンをかかえて、さっきよりも強めに地面《じめん》をけってみた。

ぼくは、ヤッチンの体重《たいじゅう》なんてないみたいに、軽々《かるがる》と飛《と》び上《あ》がった。屋《や》根《ね》から屋根へのジャンプも、かんたんだった。

「うっわー、すげえ！　キャッホーイ！」
「ちょっと、うるさいよ。だれかに聞こえちゃったらどうするのさ！」
「ごめん、でも、あんまりおもしろくてさ。次《つぎ》はあっちへ行ってみない？」
「ダメだよ、ユーカの家とは反対《はんたい》じゃないか！」

ヤッチンをかかえて、ユーカの家の前に着地《ちゃくち》したけど……。さて、どうしよう。さすがにユーカの部屋《へや》に飛《と》びこむのはまずいよね。

ここは、ヤッチンにユーカをよび出してもらうしかない。ぼくが、植《う》えこみのかげにかくれると、ヤッチンがピンポンをおした。

出てきたのは、ユーカだった。

「どうしたの？　松本《まつもと》くんがわたしの家に来るなんて、めずらしいわね」

「あー、実《じつ》はタクミにたのまれたんだけど」

「え？　タクミくんも来てるの？　どこどこ？」

ユーカが外に出てきて、キョロキョロした。

「あ、みーっけ！　植えこみのかげだ！」

ユーカがはしゃいだ声《こえ》で近づいてきた。しかたないから、ぼくは立って片手《かたて》を上げた。

「や、やあ。こんにちは」

「きゃあ！」

ユーカはうさぎみたいにピョンとはねて、ヤッチンの後ろにかくれた。

「ま、松本《まつもと》くん。フシン者《しゃ》、フシン者！　おまわりさんをよんで！　それにタクミくんは、どうしたの？」

「ユーカ、おちつけって。あいつがタクミなんだよ。サンダー仮面《かめん》に変身《へんしん》しちゃったんだ」

「変身？　バッカじゃないの？　だまされてるのよ。フシン者にだまされちゃダメ！」

「本当だよ、おれとタクミだけのひみつだって知ってたし……」

「そんなの、フシン者がタクミくんをおどして聞きだしたに決《き》まってるでしょっ！」

ユーカは、ぼくをにらみつけた。ビームみたいにするどい目つきにビビる。

「こら、フシン者《しゃ》！　タクミくんはどこなの？　わたしはだまされないからね！」

「ユーカ、ぼくだよ、木田巧海《きだたくみ》だよ。きみは秋野優花《あきのゆうか》。クラスは四年一組で……」

「そんなの、ショーコになりませーん」

また、これか。

「タクミくんから無理《むり》やりに聞きだしたんでしょっ！　わかってるんだから！」

ユーカ、わかってないって。こまったな。ユーカとのひみつの合言葉《あいことば》なんて、ないぞ。

「もし、あんたが本当にタクミくんなら、そうじ当番《とうばん》のときのこと、知ってるはずよ」

ヤッチンは首をかしげたけど、ぼくにはすぐピンときた。

あれか。うん、きっとあれだ。あれにちがいないけど、あれを言うのは、はずかしいな。

「知らないんだ、やっぱりフシン者《しゃ》！　おまわりさんをよぶからね！」

「言うよ、言うから、待《ま》ってよ」

「タクミとユーカのひみつって、なに？」

ヤッチンが、くいついてきた。

「ヤッチン、ほかの人に言うなよ」
ぼくは、ヤッチンに『しゃべらない』と約束《やくそく》させてから話しはじめた。

夏休みのすこし前だった。そうじ当番《とうばん》が終《お》わって、ほかの子は先生をよびにいったり、バケツの水をすてにいったりした。

教室《きょうしつ》でひとりになったぼくは、イスの上に立ってみた。だれもいない教室はガランとして広くて、あれがやってみたくなったんだ。

サンダー仮面《かめん》の変身《へんしん》ポーズだ。
「変身！　サンダー仮面！　やぁーっ！」
かけ声《ごえ》とともに、イスの上からジャンプ。下りると、ファイティングポーズ。

「サンダ～ッ！　ファイトッ！」

（決《き》まった！）と思ったら、後ろで声《こえ》が
した。

「あんた、なにしてんの？」

ふりかえると、ユーカが立っていた。

「いたの？」

三年生のころは、男子はよく教室《きょうしつ》で変《へん》身《しん》ごっこをしていた。でも四年生になったら、だんだんしなくなった。なのに、ひとりで変身ポーズをしているのを見られちゃったんだ！

「ろうかにいたら、あんたがイスに上がったから注意《ちゅうい》しようと思って」

「おねがい、みんなには言わないで！」

ぼくはユーカにむかって、おいのりするみたいに両手《りょうて》を合わせた。

「えー？　どーしようかな？　うふふっ」

ユーカはいきなり、うでをぶんぶんふりまわして、教室《きょうしつ》をはねまわりはじめた。

「うふふふ、へんしーん、だってさー」

「おい、よせよ」

「へーんしーん、でしょ？　うふふっ！」

ユーカのは、やたらと、うでをふりまわすばかりで、ぜんぜん変身《へんしん》ポーズじゃないし。

いやいやいや、それよりも、ぼくが教室《きょうしつ》で変身《へんしん》ごっこをしてたのが、バレちゃう。

ろうかでガヤガヤと声《こえ》がして、みんながもどってきた。まずい。ユーカはきっと、みんなに話すだろう。ぼくがひとりで変身ごっこをしてたって、みんなにしゃべるだろう。

でもユーカはしゃべらなかった。先生が帰っていいと言うと、ひとりで帰っていった。

そうか、そうじ当番《とうばん》にはユーカとなかがいいグループの子がいなかったんだ。明日《あした》、なかよしグループでわらうんだ！

だけど、そうはならなかった。

ユーカは、ナイショにしてくれたんだ。

どうしてかは、わからないんだけど。

「それよ。知ってるのはタクミくんとわたしだけ。じゃあ、本当にタクミくんなんだ」

そう言ってユーカは、ぼくの手ぶくろやマスクをひっぱって、とれないことをたしかめた。それでやっと信《しん》じてくれたみたいだ。

そんなユーカを見て、ヤッチンが胸《むね》をはった。

「それでさ、おれ、考《かんが》えたんだ。ユーカのママがフリマに店を出してたから、変身《へんしん》ベルトのお兄さんを知ってるんじゃないかって」

「ミライハヤトさんなら、児童公園《じどうこうえん》の横《よこ》にあるアパートに住《す》んでるわよ」

五　ミライハヤトさん

「あのお兄さん、知ってる人だったの？」

「フリマにお店を出す人どうしで、あいさつをしたの。みんなのお店づくりを手伝《てつだ》ってくれたりして、やさしくて、いい人よ」

「それにイケメンだし、って言うんだよな？」

ヤッチンがニヤニヤしながら、ぼくのうでをつついた。

「なによ、いい人だって教《おし》えてあげてるんじゃないの。すぐ、そういうこと言うから、ルリアちゃんにふられるのよ！」

「え？　なんでユーカが知ってるの？」

「あ……、あの……、ルリアちゃんに聞いたの……。告白《こくはく》されたけど、タイプじゃないからことわったって……」

「そんな、ルリアちゃん、みんなにしゃべったの？」

ヤッチンは、もう半泣《はんな》きだ。仮面《かめん》でかくれているけど、ぼくも泣きそうだった。だけど、今、たいせつなのはそこじゃないから。

「ルリアちゃんだって、みんなに言いふらしたわけじゃないわよ。あんたたちのことを好《す》きな子がいたら気にするかもって、教《おし》えてくれただけよ」

「え、そうなの？　おれのことを好きだって子がいるの？」

ヤッチンが目をかがやかせた。待《ま》ってよ、どんどん話がずれてるんだけど！

「あのね、今はそれどころじゃないでしょ！　ちょっと待ってて！」

ユーカは家のなかにもどっていった。開けっぱなしのドアを見ていたら、ユーカはカウボーイみたいなぼうしとレインコートを持《も》ってきた。

「ほら、このぼうし、かぶって。それから、わたしのだけど、レインコートを着《き》て」

ぼくは言われるままに、ぼうしをかぶりレインコートを着た。ぼうしはともかく、レインコートは黄色に、ピンクや青い花のもようが、はずかしい。

「ぼうしは大きめだから、頭と顔がかくれるでしょ？　あとはコートでそのヨロイみたいなのをかくせば、まあまあ目立たないから」

なるほど、これなら道を歩いても平気だ。

ユーカ、いろいろと考《かんが》えてくれてたんだ。

「あ、ありがとう、ユーカ」

「へえ、ユーカ、やるじゃん！」

「すこしは見直《みなお》した？　さあ、行くわよ」

ユーカはハヤトさんのところまで、いっしょに来てくれるんだ。ユーカ、やさしいな。ぼくは、ユーカを見直した。

ヤッチンがぼくの右手を、ユーカが左手をつないで、三人で児童公園《じどうこうえん》に走った。

カウボーイのぼうしとレインコート、それにブーツのぼくは、ちょっとアヤシく見えるかもしれない。でも手をつないでいれば、友だちに見える。これもユーカのアイデアだ。

児童公園の山の遊具《ゆうぐ》のところに、男の人がいた。変身《へんしん》ベルトのお兄さんだった。

「ハヤトさーん」

ユーカが手をふって、かけよっていった。

「やあ、さっきはおつかれさま」

すこしおくれて、ぼくたちもかけよった。

「ああ、きみは、さっき変身《へんしん》ベルトを買ってくれた子の友だちだね。あれ？」

ハヤトさんは、ぼくがかぶったカウボーイのぼうしを指《ゆび》さして、ユーカを見た。

「さっき、きみが買ってくれたテンガロンハット、この子へのプレゼントだったの？」

そういえば、これ、ハヤトさんのお店にあった。へえ、カウボーイのぼうしは、テ

ンガロンハットっていうんだ。

「いえ、ちょっとかしてあげたんです」

ユーカはそう言って、テンガロンハットをぼくの頭からとって自分でかぶった。

ハヤトさんは目を丸くして、ぼくを見た。

ぼくは、レインコートの前を開けて、プロテクターと変身《へんしん》ベルトも見せた。

ハヤトさんは、仮面《かめん》やプロテクターなんかを見たりさわったりして、息《いき》をのんだ。

「これって、きみが自分でつくった……んじゃなくて、本当に変身したんじゃないか？」

ぼくは、だまってこっくりうなずいた。

「やっぱり、本当に変身《へんしん》できたんだ……」

「やっぱりって、この変身ベルトで変身できることを、知ってたんですか？」

ぼくが聞くより早く、ユーカが口を開いた。

「話せば長くなるけど、聞いてくれるかい？」

もちろん聞きたい。ぼくたちは、ハヤトさんをかこむようにして、山の遊具《ゆうぐ》にこしかけた。


フリマが終《お》わって、ハヤトさんはアパートに帰ってきた。そして公園《こうえん》で子どもたちがさわぐ声《こえ》を聞いた。外を見ると、サンダー仮面《かめん》が小さな子たちにかこまれていた。

大人《おとな》じゃなくて、子どものコスプレだな、ずいぶんうまくできているなあ、って思って見ていたんだって。

「するとサンダー仮面《かめん》が、すこしかがんだ。と、思ったら次《つぎ》の瞬間《しゅんかん》、まるでバッタがはねるみたいにポーンと、飛《と》び上《あ》がったんだ。あれにはおどろいたよ」

それって、ぼくが幼稚園生《ようちえんせい》たちの前で、ジャンプ力をためしたときのことだ！

「あんまりおどろいたんで、サンダー仮面を見失《みうしな》ってしまった。そのとき、ぼくの頭の上、つまりアパートの屋根《やね》で『ドン』と音がした。公園《こうえん》では、子どもたちがこっちに手をふっている。サンダー仮面は屋根の上にいるのか、と思ったけどたしかめようもなくて」

ぼくがカラスをおどろかせたアパートの屋根《やね》、あの下にハヤトさんが住《す》んでいたんだ！

「それを見て本物《ほんもの》のサンダー仮面《かめん》だと思ったのさ。そして、ぼくがサンダー仮面に変身《へんしん》したのも本当だった、って気づいたんだよ」

「ハヤトさんも、変身したんですか？」

「きみたちくらいのとき、この変身ベルトを買ってもらった。それで友だちとサンダー仮面ごっこをした帰りに、ひとりで川のそばを通ったら、子犬が流《なが》されているのをみつけた」

「おぼれていたんですか？」

ユーカが心配《しんぱい》そうに、口をはさんだ。

「ほうっておけば、おぼれてしまう。そんなに深《ふか》い川じゃないけど、子どもが助《たす》けにいくのはあぶない。まわりに大人《おとな》はいなかった」

「そ、それで、どうしたんですか？」

ヤッチンが、たまらないように聞いた。

「ぼくはね、サンダー仮面《かめん》に変身《へんしん》できたら子犬を助《たす》けられる、って思った。変身ベルトはしていたから、もう、むちゅうで変身ポーズをした。そしてジャンプしたら、川がずっと下に見えたんだ。学校の屋上《おくじょう》から見下ろしたみたいに」

ぼくは心ぞうがドキンとした。それって、この山の遊具《ゆうぐ》のてっぺんで変身ポーズをしてジャンプしたときと同じだ！

「空中で回転《かいてん》して着地《ちゃくち》すると、川のむこう岸《ぎし》に飛《と》びうつっていた。体中に力がわいて、川にだって飛《と》びこめる気がした」

「あぶなくなかったの？」

ユーカは、今度《こんど》はハヤトさんを心配《しんぱい》してる。

「うん、飛《と》びこんでみると、水はひざくらいまであったけど、平気だった。川を出るときも、子犬をだき上げて、ひょいと、かんたんに飛び上がれた。家に帰ったら、子犬もぼくもずぶぬれだったけど」

ハヤトさんは、頭をかいた。

「その子犬は、どうしたんですか？」

気になることを、ユーカが聞いてくれた。

「家で飼《か》いたいって親にたのんだよ。最初《さいしょ》はダメって言われたんだけど、泣《な》きながらお願《ねが》いして、ちゃんと世話《せわ》もするって約束《やくそく》したら飼ってもいいことになった」

「ああ、よかった。名前はなんてつけたんですか？」

「モモだよ。なにしろ、川でひろったからね」

ユーカとヤッチンは、わかってないみたいだった。

でも、ぼくは、ピンときた。

「もしかして、桃太郎《ももたろう》のモモですか？」

「ピンポン、正解《せいかい》。話を元にもどそうか。モモ——子犬を助《たす》けることはできたよ。でも、どうしてできたのか。それがずっと不思議《ふしぎ》でさ。サンダー仮面《かめん》に変身《へんしん》してたのかも、なんて考《かんが》えたりもした。でも家に帰ったとき、ぼくはずぶぬれのぼくだったし、変身《へんしん》するなんて本当にはあるはずない、って思うようになっていた」

そうだよね。本当に変身しちゃっただなんて、なかなか信《しん》じられるはずがない。ぼくだって、そうだったもの。

「だけど今日《きょう》、公園《こうえん》のサンダー仮面《かめん》を見て、わかった。あのとき、ぼくも本当に変身してたって。それでサンダー仮面をさがしていたら、きみたちがやってきた、というわけさ」

ふつうなら信じられないような話だけど、ハヤトさんはウソを言うような人には見えない。第《だい》一、ぼくも変身しているんだから。

「タクミくんが買ったハヤトさんの変身ベルトは本物《ほんもの》だった、ってことですか?」

「いや、おもちゃでしょ？　サンダー仮面《かめん》って、テレビのお話じゃん」

ヤッチンのツッコミに、だれもわらわない。

「きみの言うとおり、変身《へんしん》ベルトはおもちゃだろうね。でも、変身しちゃったのは本当だよね。理由《りゆう》は……、ぼくにもわからないけど」

「もしかしたら！」

ユーカが、急《きゅう》に大きな声《こえ》を出した。みんな、びっくりしてユーカを見た。

なにか思いついたような顔をしている。

「本当に変身したいっていう、気持《きも》ちじゃないかしら？　ハヤトさんは、子犬を助《たす》けたいって、心から思ったんですよね？」

「もちろんだよ」

「変身したい、変身しなきゃっていう、強い気持ちなのよ。それがおもちゃの変身《へんしん》ベルトを、本物《ほんもの》の変身ベルトに変《か》えたのよ！」

まさか！　そんなの、信《しん》じられない！

でも、実際《じっさい》に起《お》きていることは、ユーカの言うとおりだ。

「おもちゃの変身ベルトが本物に変わって、ハヤトさんやタクミくんは変身できたってわけ。そしてハヤトさんは、子犬を助《たす》けたから、あとはひとりでに元にもどったんですよ」

「そうか、本気で変身したいって気持《きも》ちが、おもちゃの変身ベルトに伝《つた》わって、それでぼくも本当に変身したのか……」

ハヤトさんは、何回もうなずいていた。

「だったらタクミくんも、変身の理由《りゆう》をクリアすれば、元にもどれるんじゃない？」

「すげえ、ユーカ、さえてるじゃん！」

ヤッチンがユーカに、はく手をおくった。

「でしょ？　で、タクミくんが変身《へんしん》した理由《りゆう》は、なんなの？」

三人がキラキラした目で、ぼくを見つめた。

「えーと、だから。ヤッチンには言ったんだけど、いじめられたのがくやしかった、って。それでボスノたちを、やっつけたくて……」

ぼくがそう話したら、三人の目から、すぅーっとキラキラが消《き》えちゃったんだ。電気のコードが抜《ぬ》けたみたいに。

たしかに、『おぼれそうな子犬を助《たす》けたくて』変身したかったハヤトさんに比《くら》べたら、『いじめっ子をやっつけたい』から変身したいなんて、ぼくは自分勝手《じぶんかって》すぎる。

「そういえばタクミ、言ってたもんな」

「ボスノたちが乱暴《らんぼう》してたのは、わたしも見てたし、ひどいとは思うけど」

「きみの気持《きも》ちも、わかるけどねえ……」

三人とも、はっきりとは言わないけど、ぼくが変身《へんしん》した理由《りゆう》を、よくは思っていないらしい。

そんなこと、ぼくだってわかっている。いじめっ子への仕返《しかえ》しなんて、変身ヒーローがすることじゃない。そんなサンダー仮面《かめん》を、さっきのちびっ子たちに見せられるはずがない。ぼくだって、見たくない。

「ヒーローらしくないのはわかってるんだけど、そのときは、本当にくやしかったんだもん！」

「じゃあ、こうしてみたら、どうかな？」

ハヤトさんが考《かんが》えてくれたのは、とりあえずボスノたちに会いにいくことだった。

そして自分が本物《ほんもの》のサンダー仮面《かめん》だと、わかってもらう。そこで弱《よわ》い者《もの》いじめをするのはよくないことだ、と伝《つた》える作戦《さくせん》だった。

テレビなんかで、ヒーローやアイドルが『いじめはカッコわるいよ』とか、『イジメはやめよう』とよびかけるのと同じだ。

ぼくはテンガロンハットをかぶり直《なお》し、レインコートの前をとめて、サンダー仮面のすがたをかくした。

そしてぼくはヤッチンと、ユーカはハヤトさんと組になってボスノたちをさがしに出かけた。

ぼくとヤッチンは、ボスノの家に行くことにした。とちゅうにあるコンビニエンスストアまで来たとき、自動《じどう》ドアが開いて、ボスノが出てきた。早くも、ボスノ発見《はっけん》！　ついてるぞ！

ケースケとハルキはいなかった。そのかわり、ボスノは小さな女の子をつれていた。

「いっしょにいるの、ボスノの妹だ。かわいいだろ？　ボスノにちっともにてないから」

ヤッチンが小声《こごえ》で教《おし》えてくれた。

妹は、ニコニコしてボスノを見上げていた。ボスノもやさしそうにわ

らっている。にくたらしいボスノだけど、妹の前ではやさしいお兄ちゃんなんだな。

ヤッチンが、ぼくのわきばらをつついた。

うまく『ストップ・いじめ』が伝《つた》わるかな。いや、伝えなきゃ！

ボスノだって、三年生のときは変身《へんしん》ごっこをしてた。サンダー仮面《かめん》の言うことなら、わかってくれるはずだ。

ぼくが、ボスノと妹にむかって歩きだしたときだった。

ふたり乗《の》りの自転車《じてんしゃ》が、つっこんできたんだ。

六　サンダー仮面《かめん》 VS. 中学生

ボスノの妹が、自転車《じてんしゃ》にひかれそうだ！

「あぶない！」

そう思ったとき、ボスノはもう妹におおいかぶさるようにかがんでいた。鉄棒《てつぼう》から落《お》ちたときのいたさを思い出すような「ゴスン」という、にぶい音がした。ふたり乗《の》りの自転車が、妹を守《まも》っていたボスノの背中《せなか》にぶつかったんだ。

ボスノは妹をしっかりだきかかえたまま、アスファルトの上に転《ころ》がった。

「ぼうっと歩いてんじゃねーよ！」

どなったのは、自転車《じてんしゃ》に乗《の》っていた男子中学生だった。自転車のほうからぶつかってきたのに、あんな言い方ってひどい！

「チサト。だいじょうぶか？　ケガないか？」

ボスノは妹を立たせて、体をあちこちさわって、ケガがないか、たしかめていた。

「おい、早く行こうぜ」

自転車の後ろに乗っていた中学生が、せかしている。

「おい、待《ま》てよ。いてて、あやまりもしないで、行く気か？　いてて」

いたそうにしていたけど、ボスノは立ち上がって、中学生たちに近づいた。左足をすこしひきずってる。

「うるせえな、ボケっとしてるからだよ」

「おまえ、小学生だろう？　なまいきを言うな！」

「なんだと、あやまれ！」

ボスノが中学生の服《ふく》をつかんだ。

「おい、なにすんだよ！」

そう言って中学生は片手《かたて》で、ボスノをつきとばした。

いくらボスノが強くても、中学生にはかなわなかった。しりもちをついて、ひっくりかえった。さっきの、ぼくみたいに。

だけどボスノは、ぼくとはちがった。いたいはずなのに、立ち上がって中学生につかみかかっていった。

自転車《じてんしゃ》の後ろの中学生が足をのばしてけった。ボスノはたおれて、うずくまった。

「おにいちゃーん、ワァーン」

ボスノの妹が泣《な》きだした。コンビニエンスストアから店員《てんいん》さんが出てきて見ている。

「やばい、にげようぜ！」

中学生ふたり組は、にげようとしていた。

なんてひどいことをするんだ！

ぜったいに、ゆるせない！

ぼくは、中学生のところに走っていくと、ビシッと指《ゆび》をさして言ってやったんだ。

「おい、キミたち！　乱暴《らんぼう》はよせ！　そしてボスノに、いや、星野《ほしの》くんにあやまれ！」

「なんだ、おまえは？　変《へん》なかっこうして」

しまった、テンガロンハットとユーカのレインコートのままだった。

ぼくはテンガロンハットとレインコートをぬぎすてて、もう一度《ど》言って
やった。

「星野《ほしの》くんと、妹さんに、あやまれ！」

「な、なんだ、おまえ？　それってサンダー仮面《かめん》か？」

「そうだ！　サンダ〜ッ、ファイトッ！」

ぼくは、ファイティングポーズを決《き》めた。

ボスノと中学生は、ポカンとぼくを見ていた。ボスノの妹も、泣《な》くのを
わすれていた。

「おい、こんなヤツ、ほうっておけよ」

「だな、バーイバイ。サンダー仮面《かめん》ちゃーん！」

中学生が自転車《じてんしゃ》をこぎだし、青信号《あおしんごう》が点めつする横断歩道《おうだんほどう》をわたりはじめた。

追《お》いかけようとしたら、信号が赤になった。

「おーい、正義《せいぎ》の味方《みかた》ぁ、信号は守《まも》らなくちゃダメだぞー」

道路《どうろ》のむこうで、中学生たちはふたり乗《の》りしながら、ぼくをからかうようにわらっていた。

「待《ま》て、にがさないぞっ！　たぁーっ！」

中学生たちを指《ゆび》さすポーズを決《き》めてから、両足《りょうあし》で道路をけった。

ぼくの体はふわりとまい上がり、車道の上を空中回転《くうちゅうかいてん》しながら飛《と》びこえた。

車道のむこうにおり立ってふりかえると、中学生の自転車《じてんしゃ》が走ってきた。

ぼくはハンドルを両手《りょうて》でおさえて、自転車を止《と》めた。

「あぶねえな！　ぶつかったの、そっちのせいだからなっ！」

「ていうか、どうやってこっち来たんだ？」

後ろに乗《の》っていた中学生が下りてきて、ぼくをけった。もちろん、ぼくはびくともしない。それどころか、ぼくをけった中学生のほうが、はずみでひっくりかえった。

「こいつ、チビのくせに、やったな！」

ぼくは、なにもしてないんだけど。

もうひとりの中学生が、ぼくにパンチしてきた。手のひらで受《う》けとめて、軽《かる》くにぎる。

「いてて、はなせ！　いたいよう！」

中学生は、ぼくが見上げるくらいに大きいんだけど、ぼくのほうがずっと強い。なんたって、ぼくはサンダー仮面《かめん》なんだから。

ぼくは、ふたりを自転車《じてんしゃ》にすわらせると、そのまま自転車ごと頭の上まで持《も》ち上《あ》げた。

「うわぁぁぁ、なんなんだ、おまえは？」

「おい、あぶない、下ろせよ。下ろして、いや、下ろしてください！」

ギャーギャーさわぐ中学生たちをかついで、ぼくは歩きだした。ちゃんと横断歩道《おうだんほどう》を、信号《しんごう》が青に変《か》わるまで待《ま》ってわたった。

駐車場《ちゅうしゃじょう》には、おまわりさんが来ていた。お店の人がよんでくれたらしい。

ぼくは中学生たちを、おまわりさんの前に下ろした。

「ボス、いや、星野《ほしの》くんに自転車《じてんしゃ》をぶつけたのは、このふたりです」

「ああそう、ごくろうさまでした……」

おまわりさんは、目を丸くして敬礼《けいれい》した。

「で、きみは、いったい……だれだい？」

なんて言ったらいいんだろう？　サンダー仮面《かめん》なんだけど、そう答えたら、おまわりさんはおこる？　ふざけるんじゃない、って。

こまっていると、コンビニエンスストアのかげから、ユーカが上を指《ゆび》さしていた。

ここからはなれろ、ってことだな。

「ぼくは、だいじょうぶです。星野《ほしの》くんたちを、よろしく！　やぁーっ」

ジャンプして、おまわりさんの頭をこえて、コンビニエンスストアの屋《や》根《ね》におり立った。

みんなが、ポカンとして見ていた。

「いやいや、だいじょうぶ、じゃなくて」

「さようなら！」

ぼくは手をふって、屋根のかげにかくれた。

七　変身《へんしん》ベルトのひみつ

屋根《やね》から、うら道を見下ろすと、ユーカとハヤトさんがいた。

飛《と》び下《お》りようとしたら、ユーカが両手《りょうて》でバツをつくって、首を横《よこ》にふった。屋根のすみにある階段《かいだん》を指《ゆび》さしている。

飛び下りちゃダメってこと？

ぼくは頭をかいた。そしたら、指先がかみの毛にさわった。（あれ？もしかして？）と、手を見たら、銀色《ぎんいろ》の手ぶくろじゃない、いつものぼくの手だ。うでは、長そでTシャツのそでだ。

足は銀色のブーツじゃなくてスニーカーにハーフパンツだし、プロテク

ターもない。

Tシャツの上に変身《へんしん》ベルトをまいた、元のぼくだった！　元にもどったんだ！

ぼくは、ガッツポーズをした。ユーカも頭の上に、両手《りょうて》で大きな丸をつくっていた。

ぼくにもどったから、飛《と》び下《お》りちゃいけないって、ユーカは教《おし》えてくれたんだ。

階段《かいだん》を下りると、ユーカとハヤトさんがはく手してむかえてくれた。ふたりとも、よろこんでくれている。三人でハイタッチをしていると、足音が聞こえた。ヤッチンかなと思ったら、おまわりさんだった。

おまわりさんは、ぼくたちのそばに来ると敬礼《けいれい》をして、聞いてきた。

「サンダー仮面《かめん》を見ませんでしたか？」

ぼくはドキンとして、ユーカの後ろにかくれた。サンダー仮面の正体は、ぼくだ。変身《へんしん》ベルトだって、着《つ》けたままだし。

なのにハヤトさんは、うれしそうな顔で、なにかをさがすようにキョロキョロしている。

「サンダー仮面が来てるんですか？　ドラマのロケですよね？　見学してもいいですか？」

ハヤトさんに質問《しつもん》されて、おまわりさんはあとずさりした。

「もしかして、今もカメラでうつしているんですか？　テレビに出られるんですか？」

ハヤトさんにおされて、おまわりさんがどんどんひいていく。

「いや、あの、見ていないなら、けっこうですから。失礼《しつれい》します！」

おまわりさんは、もう一度敬礼《けいれい》すると、にげるみたいに行ってしまった。

ポカンとしていたぼくに、ハヤトさんがペロッと舌《した》を出してみせた。

すごい、ハヤトさんたら、サクッととぼけちゃったんだ！

ほっとしたら、いろいろと気になってきた。

「あ、そういえば、ボスノは？」

「松本《まつもと》くんが見にいった。あ、もどってきた」

ヤッチンがテンガロンハットとレインコートをかかえて走ってきた。

「これ、タクミにかえす？　それともユーカ？」

「わたしのだから」

「ボスノはどうなったの？」

「救急車《きゅうきゅうしゃ》に乗《の》せられていった。たいしたことないらしいけど、病院《びょういん》でみてもらうんだって」

「そうなんだ、よかった」

ぼくは、ほっと息《いき》をついた。

「ここじゃ話ができないね、公園《こうえん》に行こう」

ハヤトさんに言われて歩きだすと、コンビニエンスストアのほうへ行く人たちとすれちがった。駐車場《ちゅうしゃじょう》のさわぎを聞きつけたらしい。
あの中学生たちは、みんなのうわさになるかもしれない。小学生に自転《じてん》
車《しゃ》をぶつけたって。なんだか、かわいそうだな。
でもボスノの妹のほうが、もっとかわいそうだ。あんなこわい思いをし
たんだもの。
「ボスノの妹は、おまわりさんのお姉さんとコンビニのなかで、家の人の
むかえを待《ま》ってるって。中学生も店のおくにつれていかれたみたいだ」
「そうなんだ、よかった」
ぼくは、もうひとつ、ほっと息《いき》をついた。
ぼくたちは、児童公園《じどうこうえん》にある山の遊具《ゆうぐ》に、ハヤトさんをかこんでこしか

けていた。手には、ジュースが一本ずつ。ハヤトさんが、自動《じどう》はんばい機《き》で買ってくれたんだ。

ジュースはスチール缶《かん》だ。にぎりつぶそうとしても、手がいたくなっただけだった。

ハヤトさんは、ぼくがはずした変身《へんしん》ベルトを見ている。

ユーカも缶ジュースを飲《の》み終《お》わった。

「思ったとおりでしたね。ハヤトさんは子犬のために変身《へんしん》したから、子犬を助《たす》けて元にもどった。タクミくんは乱暴《らんぼう》な中学生をこらしめたから、元にもどれたんですよね？」

「タクミってば、正義《せいぎ》の味方《みかた》じゃん！　ヒューヒューッ」

「ヤッチン、よせよ！」

「タクミくんは、いじめっ子をやっつけたかったんじゃない。いじめや暴《ぼう》力《りょく》をやめさせたかったんだよ。罪《つみ》をにくんで、人をにくまず、だね」

そうか、ぼくはボスノじゃなくて、ボスノのしたことに、おこっていたんだ。

「タクミは、また変身《へんしん》できるの？」

その答えはぼくにもわかっていたけど、ハヤトさんが言ってくれた。

「もう、変身はできないと思うよ」

「えーっ、変身できるのは一回だけなの？」

「子どものころに、ためしてみたから。でも二度《ど》とは変身できなかった。だから、タクミくんのサンダー仮面《かめん》におどろいたのさ」

「一回だけとか、そういうことじゃないんだよ。変身《へんしん》できるかも、とか、そんなことを考《かんが》えていたんじゃ、ダメなんだ、きっと」

ぼくは、言葉《ことば》が自然《しぜん》に口からこぼれるみたいにしゃべりだしていた。

ヤッチンも、ユーカも、ハヤトさんも、だまって聞いてくれている。

「さっき、ユーカが言ったじゃないか。どうしても変身しなきゃっていう、強い気持《きも》ちがたいせつなんだ。その気持ちと、変身ベルトとが、うまくつながったときだけ、変身できるんだって……」

ハヤトさんが、静《しず》かにうなずいていた。

八　みんなで変身《へんしん》！

月曜日、学校中がサンダー仮面《かめん》の話でもちきりだった。

児童公園《じどうこうえん》にいた幼稚園生《ようちえんせい》たちに、お兄さんやお姉さんがいたみたいで、うわさをひろめたらしい。公園からすがたを消《け》したサンダー仮面は、そのあとで大活《だいかつ》やくをしたって。

ぼくは、自転車《じてんしゃ》ふたり乗《の》りの中学生をつかまえただけだよ？　なのに、うわさでは、ゆうかい犯《はん》をつかまえ、子どもを助《たす》けて、フリマ会場にあらわれた怪人《かいじん》をたおしたことになっていたんだ。

教室《きょうしつ》では、足にほうたいをして、松葉杖《まつばづえ》で登校《とうこう》したボスノがしゃべりま

くっていた。

「『星野《ほしの》くんにあやまれ』って言ったんだぜ。サンダー仮面《かめん》がおれの名前を知ってるって、すごくないか？」

目をキラキラさせるボスノを、みんながうらやましがる。

そこへ、ケースケが口をはさんだ。

「本当かよ？　サンダー仮面が知ってるはずがないけどなあ」

「おれが、ウソついてるって言うのか？」

ボスノが、松葉杖《まつばづえ》をふり上げた。

ぼくはボスノの後ろから、すっと近づいて、ボスノがふり上げた松葉杖の先をつかんだ。

前だったら、ボスノがこわくて、そんなことはできなかった。

けど今はもう、こわくない。まるでサンダー仮面《かめん》に変身《へんしん》しているみたいだ。そうだ。昨日《きのう》、ぼくはサンダー仮面だった。サンダー仮面は、今もぼくのなかにいるんだ。

「乱暴《らんぼう》はよせ。サンダー仮面も言っただろ？」

ふりかえったボスノは、ちょっとだけこわい目をした。でも、すぐにふっとわらった。

ぼくが手をはなすと、ボスノは松葉杖《まつばづえ》を静《しず》かに下ろした。

「そうだな。……あれ？　なんでサンダー仮面が言ったことを、タクミが知ってるんだ？　昨日、いたっけ？」

「えっと、それは……」

「おれが見てたんだ。コンビニへ行ったから」

ヤッチン、ナイスフォロー！

「じゃあ、妹をかばってたのも見てたろ？　おれひとりなら、中学生なんかにまけなかったぜ！」

「かもね。アタシノ、オニイチャン、ツヨイモン！」

「おれの妹は、そんなんじゃねーから！」

小さな女の子の声《こえ》をまねたヤッチンと、ボスノのあわてぶりに、みんながわらった。

席《せき》に着《つ》いて、教科書《きょうかしょ》やノートを出していたらユーカが来て、ぼくの耳元に口を近づけた。

「自分がサンダー仮面《かめん》だって、言いたいんじゃない？」

ユーカの目が、いたずらっぽくわらってる。

「変身《へんしん》ヒーローの正体はヒミツだよ」

ぼくは、窓《まど》から児童公園《じどうこうえん》のほうを見た。

あのあとハヤトさんは、月曜日、つまり今日《きょう》、この町からひっこすと言っていたんだ。

もう、行っちゃったかな。

昨日《きのう》、公園《こうえん》でハヤトさんは、教《おし》えてくれた。

「俳優《はいゆう》になりたくて、がんばってきた。変身はできなくても、俳優ならなんにでもなれるからね。サンダー仮面《かめん》のオーディションだって何度《なんど》も受《う》けた。ダメだったけどね。だから、もうあきらめて、家の仕事《しごと》を手伝《てつだ》うよ」

ハヤトさんは、俳優をめざしてたんだ！

だから、おまわりさんに聞かれたとき、とぼけるお芝居《しばい》が上手《じょうず》にできたんだ。

「それで変身《へんしん》ベルトも、フリマで売った。買ってくれたのが、タクミくんでよかったよ」

ハヤトさんは、ぼくの手に変身ベルトを持《も》たせて、肩《かた》をギュッとつかんだ。そのとき、ぼくはわかってしまったんだ。だれが変身ベルトを持っていたらいいか、って。

「この変身ベルトは、やっぱりハヤトさんが持っていてください！」

「……いいのかい？　でも、どうして？」

「ハヤトさんだって変身したいんじゃないですか？」

ぼくはサンダー仮面《かめん》に変身できた。サンダー仮面だったときのことを、はっきりとおぼえている。ぼくにもどっても、変身《へんしん》ベルトをはずしても、ぼくの胸《むね》には、ずっとサンダー仮面《かめん》がいる。

それは、変身ベルトよりもたいせつな宝物《たからもの》だ。

でも、ハヤトさんは？

子どものころの変身は思い出になった。だけど今、ハヤトさんのなかにサンダー仮面はいないかも。

だったらハヤトさんの宝物は、この変身ベルトだ。

「ありがとう。じゃあ、そうさせてもらうね」

ハヤトさんはジーンズのポケットから五百円玉を一まい出すと、ぼくの手にのせてくれた。

「それと実《じつ》は、ミライハヤトは芸名《げいめい》なんだ」

ハヤトさんが、てれくさそうに頭をかいた。

「本当の名前は、なんていうんですか?」

ぼくは、知りたかった。

ハヤトさんだって、本当の自分を知ってほしかったにちがいない。だから、最後《さいご》になって『ミライハヤト』は芸名《げいめい》だって言ったんだ。

教《おし》えてもらった名前は、びっくりするくらいふつうだった。

でも『ミライハヤト』より、やさしいお兄さんにぴったりの名前だった。


教室《きょうしつ》では、まだボスノがさわいでいる。もうすぐ先生が来るのに。

「おれの足がなおったら、みんなでまたサンダー仮面《かめん》ごっこをやろうぜ!」

「変身《へんしん》ポーズ、わすれちゃったよ〜」

教室《きょうしつ》のみんなが、さわぎだした。

変身《へんしん》ポーズをする子もいたけど、照《て》れくさがっているから、動《うご》きが小さくて、ちぢこまってる。はずかしがることなんてないのに。あんなんじゃあ、変身なんてできっこないのに。

しょうがないなあ。

ぼくは、イスに上がった。

「変身！　サンダー仮面《かめん》！　やぁーっ！」

イスから飛《と》び下《お》りると、教室のあちこちから声《こえ》があがった。

「見ろよ、タクミの変身ポーズ、すっげー決《き》まってる！」

「本当に変身するかと思っちゃった！」

そんな声におされるように、ヤッチンもイスに上がった。

「おれ、サンダー仮面《かめん》二号《ごう》な。変身《へんしん》！」

「ちょっと、あんたたち、やめなさいよ」

ユーカが立ち上がって、ぼくとヤッチンをにらみつけた。

と、思ったら、急《きゅう》にわらいだしたんだ。

「な～んてね。へーんしーん！」

ユーカが、うでをぶんぶん、ふりまわす。

「ユーカ、それ、ぜんぜんデタラメだから！」

変身ポーズのかけ声《ごえ》がはじけた。

ボスノは、すわったままで変身ポーズだ。

教室《きょうしつ》は、みんなのわらい声でいっぱいになっ

た。
「こらこら、みんな席《せき》に着《つ》きなさい！」
教室《きょうしつ》の入り口で、ゾームシ先生が、こまったような顔でわらっていた。
もしかしたら、先生も変身《へんしん》したいのかもしれない。
窓《まど》から気持《きも》ちのいい風がふきこんできて、カーテンをゆらした。
ぼくは、その風にむかって、
「さようなら」とつぶやいて席に着いた。

作：**やませたかゆき**

北海道小樽市在住。北海学園大学卒業後、会社員として働きながら、創作活動に励む。『ぼくがぼくに変身する方法』で第37回福島正実記念SF童話賞大賞を受賞、デビュー作となる。

絵：**はせがわはっち**

大阪府に生まれる。近畿大学卒業後、薬剤師としてのキャリアを持つ。2004年『おうだんほどうかります』で、おおしま手作り絵本コンクール最優秀賞、2015年『さらじいさん』で第16回ピンポイント絵本コンペ最優秀賞受賞。同作でブロンズ新社より絵本出版。『しりとりボクシング』（小峰書店）、『あこがれのユーチューバー』（国土社）で挿絵を担当している。

ぼくがぼくに変身する方法

2024年8月31日　第1刷発行
2025年5月31日　第2刷発行

作　やませたかゆき
絵　はせがわはっち
発行者　小松崎敬子
発行所　株式会社 岩崎書店
〒112-0014　東京都文京区関口2-3-3 7F
電話　03-6626-5080（営業）　03-6626-5082（編集）
装丁　山田 武
印刷所　株式会社光陽メディア
製本所　株式会社若林製本工場

NDC 913　ISBN978-4-265-07271-2　104P　22cm×15cm

Published by IWASAKI Publishing Co., Ltd.
Printed in Japan

ご意見、ご感想をお寄せ下さい。
E-mail: info@iwasakishoten.co.jp
岩崎書店HP: https://www.iwasakishoten.co.jp
落丁、乱丁本はおとりかえいたします。